Philipp Winterberg Nadja Wichmann

Je suis petite, moi ?
Am I small?

AVAILABLE FOR EVERY COUNTRY ON EARTH
IN AT LEAST ONE OFFICIAL LANGUAGE

French (Français)
English (English)

Translation (French): Laurence Wuillemin
Translation (English): Philipp Winterberg

Text/Publisher: Philipp Winterberg, Münster · Info: www.philippwinterberg.com · Illustrations: Nadja Wichmann
Fonts: Patua One, Noto Sans etc. · Copyright © 2016 Philipp Winterberg · All rights reserved. No part of this book may be
reproduced, stored in a retrieval system, or transmitted by any means without the written permission of the author.

Voici Tamia.

This is Tamia.

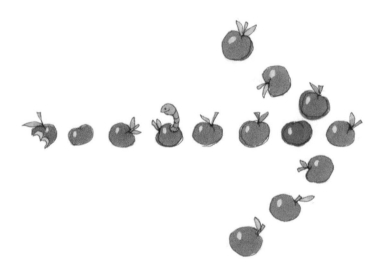

**Exactement !
C'est bien ça !**

Right!
Exactly!

Tamia est encore très petite.

Tamia is still very small.

Petite ?
Moi ?

Me?
Small?

Je suis petite, moi ?
Am I small?

**Mini ? Toi ?
Tu es minuscule !**

Mini? You?
You are tiny!

Je suis mini, moi ?
Am I mini?

Je suis minuscule, moi ?

Am I tiny?

Minuscule ? Toi ?
Tu es microscopique !

Tiny? You?
You are microscopic!

Je suis microscopique, moi ?

Am I microscopic?

Microscopique ? Toi ?
Tu es grande !

Microscopic? You?
You are big!

Je suis grande, moi ?

Am I big?

Grande ? Toi ?
Tu es énorme !

Big? You?
You are large!

Je suis énorme, moi ?
Am I large?

Énorme ? Toi ?
Tu es géante !

Large? You?
You are huge!

Je suis géante, moi ?

Am I huge?

**Géante ? Toi ?
Tu es incroyablement grande !**

Huge? You?
You are gigantic!

Ça y est, j'ai compris !
Je suis tout à la fois...

Wait a minute...
I've got it!
I'm everything...

Microscopique !
Microscopic!

Rikiki !
Teeny-weeny!

Énorme !
Large!

Grande !
Gigantic!

Géante !
Huge!

...et si je suis tout ça, alors je suis aussi : juste comme il faut !

...and if I'm everything, I'm also: just right!

More Books by Philipp Winterberg

MORE » **www.philippwinterberg.com**

Made in the USA
Lexington, KY
30 June 2017